HOMMAGES

A LA MÉMOIRE

DE

GUILLAUME-LE-CONQUÉRANT.

A FALAISE,
CHEZ LOISEL, LIBRAIRE, GRANDE RUE TRINITÉ.
1845.

Falaise, Impr. Letellier.

HOMMAGES

A LA MÉMOIRE

DE

GUILLAUME-LE-CONQUÉRANT.

1845

QUÊTE,

LE

CASQUE D'UN ROI A LA MAIN.

Réveille-toi, Falaise ! et de tes murs antiques
Arrache au noir Oubli les débris héroïques,
Et tes sombres rochers et ton double vallon,
L'Ante aux côteaux pendans, son onde, son rivage,
Qui du seul voyageur, égaré sur ta plage,
Arrêtent le bâton.

De palais écroulés les mornes colonnades,
De temples, dont le lierre a disjoint les arcades,
De marbre et de granit n'encombrent pas ton sein.
De dômes fastueux la coupole ébranlée,
Où d'un prince ignoré l'image mutilée,
N'y montrent pas l'airain.

Mais, indolente, vois les blessures béantes,

Dont les béliers d'AUGUSTE (1) et des bouches tonnantes,
Sous l'œil du BÉARNAIS, ébréchaient tes remparts!
Sans souvenir d'ARTHUR, des HENRI d'Angleterre,
Tes yeux, pour contempler l'héroïque poussière,
Seraient-ils sans regards?

Réveille-toi, Falaise, et de tes murs antiques
Arrache au noir Oubli les débris héroïques,
Et tes sombres rochers et ton double vallon,
L'Ante aux côteaux pendans, son onde, son rivage,
Qui du seul voyageur, égaré sur ta plage,
Arrêtent le bâton.

Promène ton regard? ton enceinte allongée,
Figure d'un vaisseau la carène, engagée
Dans le sable d'un port, qu'a délaissé la mer;
Un vieux fort est sa poupe, et sa chambre d'arrière,
Le donjon, d'un rocher, où serpente le lierre,
Qui s'avance dans l'air.

Sur ce donjon, désert, sans nom dans ta mémoire,
En ses fastes poudreux interroge l'Histoire.
Mystérieux témoins des siècles expirés,
Sonde ses noirs réduits, ses chambres caverneuses
Et laisse de César les légendes menteuses (2)
Aux conteurs illettrés.

Réveille-toi, Falaise, et de tes murs antiques
Arrache au noir Oubli les débris héroïques,
Et tes sombres rochers et ton double vallon,
L'Ante aux côteaux pendans, son onde, son rivage,
Qui du seul voyageur, égaré sur ta plage,
Arrêtent le bâton.

Vois, des yeux de l'esprit, sur l'immense colonne:
La tour aux blancs créneaux, que le ciel environne,
Dressée au sein de l'air comme un spectre géant,
Dans l'azur de la nuit se dessiner trois ombres...
Vois! de leurs yeux profonds tombent des regards sombres
Sur ton front indolent!

« Arlette, mon palais, la gloire de ta ville,
En ruines, désert, des hiboux est l'asile...—

(1) Philippe-Auguste.

(2) On trouverait encore plus d'un honnête Falaisien, qui croit que Jules-César a bâti le donjon.

Et dans son souvenir ai-je plus noble part,
Moi, sa fille!... — et moi donc! que dirai-je, ma mère,
Moi, guerrier, conquérant; qui domptai l'Angleterre:
Son glorieux bâtard! »

Réveille-toi, Falaise, et de tes murs antiques
Si tombent délaissés les débris héroïques,
Souviens-toi, qu'au sommet de ton double vallon,
Le temps ronge un berceau, l'honneur de ton rivage,
Qui d'heureux pèlerins, en foule sur ta plage,
Retiendrait le bâton.

« Insoucieux bourgeois, vous, dont les heureux pères »
A l'envi, me fêtaient, en dépit des rosières;
Et sur qui de Robert ma main versait les dons,
Arlette à votre oubli se résigne sans plainte,
Lorsque de son seigneur la mémoire est éteinte
Sous d'ingrats abandons....

« Mais d'un illustre fils, moi, mère fortunée,
Puis-je laisser la gloire au néant condamnée?
Non!... écoutez ma voix: elle crie aux échos:
« ICI NAQUIT GUILLAUME; et sa main juvénile
Dans ces murs, préluda d'une épée inhabile
Aux luttes des héros!

« C'est de ces murs qu'il part, guerrier novice encore,
Pour combattre Tosti, dont l'insolence ignore
Que son vainqueur accourt dans cet adolescent...
Il s'élance d'ici, pour triompher aux Dunes,
Pour jetter de Henri dans les flots les communes,
De son glaive sanglant.

« Déchire ton linceul, Esprit de ma patrie.
Des créneaux de tes vieilles tours,
Entends-tu la France, qui crie,
Au bruit solennel des tambours,
A la tonnante voix du bronze des batailles:
« Image d'un héros, consacre nos murailles
« Et dans l'airain revis toujours!

« De Bayard, de Guesclin figures révérées,
« Turenne et ton boulet fatal;
« Et, sous vingt lames acérées,

« D'Assas, au généreux signal ;
« Hoche, Marceau, Kléber ; toi, Desaix, leur émule,
« Ecoutez le décret, que le peuple formule :
« GUERRIERS, MONTEZ AU PIÉDESTAL. »

« Au forum des cités, sous l'ormeau du village,
Le bronze et le marbe pieux
Vivent en populaire hommage.
L'orgueil se fait des demi-dieux :
Le hameau voue un buste à son obscur grand homme,
Falaise, et les normands sur leur héros Guillaume
Dorment d'un sommeil oublieux !...

« Génie, il faut partir ! la tête crénelée,
Revêts tes antiques atours ;
Serre ta cuirasse étoilée,
De ton écu que les trois tours
Sortent de la poussière ; et que cette légende
Dise aux yeux : C'EST LE SCEAU DE FALAISE LA GRANDE (1),
Qui brilla dans d'illustres jours. »

« La mère pour son fils s'abaisse à la prière :
Il naquit l'un de tes enfans ;
Va, du palais à la chaumière,
Comme un lazare aux pas tremblans,
Tendre ce casque d'or à l'obole stérile :
Il couvrit du héros la tête juvénile,
Du roi les rares cheveux blancs. »

« Noble sœur, toi qui vois sur deux vastes prairies
De tes murs inconstans s'avancer les contours ;
Qui sous ton sceptre heureux au vieil Orne maries,
L'Odon, humble méandre, endormi dans son cours,
Au milieu de tes flancs, l'Océan tributaire,
Dans le lit épuisé de tes fleuves-ruisseaux,
Pousse son onde amère
Et les riches vaisseaux,
Rapides messagers de la lointaine terre,
Voguant sous tes créneaux.

« Ton orgueil enivré se complaît dans tes temples ;
Tu rêves des bazars, des cirques, des palais :

---

(1) Sigillum majoris Falesiæ.

Dans l'avenir, ma sœur, reine tu te contemples !...
N'as-tu plus souvenir que d'un fangeux marais
Une main créatrice anoblit les chaumières ;
En cité rassembla des pêcheurs indigens
Et, d'aiguilles altières
Coiffant des murs géants,
De temples, de moûtiers dressa les masses fières
Dans tes remparts naissans.

« L'homme qui te dota de maisons et des rues,
De ces môles de pierre, entassés par les arts,
D'obélisques, de tours, d'aiguilles dans les nues :
Enormes diamans, sur ta couronne épars !
Qui voulut un palais dans sa cité nouvelle,
Qui vécut dans tes murs sous le royal bandeau ;
Qui te fit riche et belle...
Sous l'herbe est son berceau ;
Et... tu le sais, à peine une pierre révèle
Où brilla son tombeau.

« Verse, ma noble sœur, au casque de GUILLAUME,
Dont la facile main sans cesse te donna ;
Qui te tira du chaume
Et de pitons sculptés si haut te couronna,
D'un oubli séculaire offrande expiatoire
A son illustre gloire,
Quelque peu de cet or, que tu tiens entassé.
Verse, ma noble sœur, au casque de GUILLAUME ;
Donne au prince crésus, au maître d'un royaume,
Couché sous un granit, que l'Aumône a placé. (1)

« Dans l'éternelle nuit, ou s'éteignent les âges,
Brille, comme un fanal sous un ciel nébuleux,
Aux immortelles plages
L'héroïque BATARD, parmi les demi-dieux.
Mais il attend encor que l'airain perpétue
Sa gloire méconnue
Et son image altière, auprès de son berceau,
Dans l'éternelle nuit, où s'éteignent les âges,
Aux immortelles plages
Le BATARD conquérant, ceint du royal bandeau.

« Appelle tes enfans au casque de GUILLAUME ?

---

(1) C'est M. Lair, de Caen, qui a fait placer la pierre qui couvre les restes de Guillaume.

D'un généreux concours salut aux pieux dons !
Humble dénier du chaume,
Obole de la tente et du palais doublons ;
Pécule, aride fruit de la calleuse paume,
Tous, soyez honorés ! vous aussi, vieux testons !
Appelle tes enfans au casque de GUILLAUME ?
D'un généreux concours salut aux pieux dons !

« Sœur, reine des cités de la vieille Neustrie,
Qui tiens, dans ton vaste giron,
Des mers l'aventureux timon
Et les fers dentelés, qui hâtent l'industrie ;
Du trône, improvisé de précieux ballots,
D'où ton œil, sans sommeil, aiguillonne, ou dirige
Les efforts cadencés des rauques matelots,
Du cilindre de Watt le bouillonnant prodige
Et de fuseaux ailés le magique tribut,
D'une sœur, peu connue, accueille le salut.

« Tu contemples, paisible, entre ta double rive
Les rangs pressés de tes vaisseaux
Rompre les mobiles anneaux
Du vieux pont, balancé par la Seine captive, (1)
Et le bruyant concours, par un autre heurté,
De chariots tremblans, de longues ais roulantes
Sous l'œuvre de tes bourgs, dans ton sein transporté.
Puis ton orgueil s'arrête aux parois imposantes,
Où le ciseau, s'ouvrant un flexible sillon,
De dentelles drapa le palais de Rollon.

De la main, qui régit le prudent caducée,
Tu tiens le style du savant
Et le luth au sublime accent.
De notre Eschyle PIERRE, à ta voix, s'est dressée,
Sur le forum normand, la figure d'airain ;
Du chantre d'Avenel l'harmonieuse image,
Dans son berceau revit, une lyre à la main.
A Fontenelle aussi tu rêves un hommages ;...
Mais, quand pour ces grands noms tu prodigues ton or,
Que fera ton orgueil pour un plus grand encor?

« Du haut de ta montagne abaisses-tu la vue

---

(1) Le pont de bateaux n'existe plus. On n'en parle ici que parce que c'était un œuvre d'art, dont Rouen était fier.

Sur tous ces pitons fleuronnés,
Ces légers porches festonnés,
Sur ces frêles tissus d'une pierre tenue :
La gloire du BATARD éclaira leurs lambris.
De Mortemer au loin si tu cherches les plaines :
Là tombèrent, vaincus, sur leurs sanglans débris,
Les guerriers de Henri, qui t'apportaient des chaînes.
Quel bras de leur fureur sut garantir tes bords?...
Celui, qui d'Albion te livra les trésors...

« Dans l'éternelle nuit où s'éteignent les âges,
Brille, comme un fanal sous un ciel nébuleux,
Aux immortelles plages,
L'héroïque bâtard, parmi les demi-dieux.
Mais il attend encor que l'airain perpétue
Sa gloire méconnue
Et son image altière, auprès de son berceau,
Dans l'éternelle nuit, où s'éteignent les âges,
Aux immortelles plages,
Le BATARD conquérant, ceint du royal bandeau...

« Appelle tes enfans au casque de GUILLAUME?
D'un généreux concours salut aux pieux dons!
Humble dénier du chaume,
Obole de la tente et du palais doublons;
Pécule, aride fruit de la calleuse paume:
Tous, soyez honorés! vous aussi, vieux testons!
Appelle tes enfans au casque de GUILLAUME?
D'un généreux concours salut aux pieux dons!

« Cherbourg, Valogne et toi, Granville;
Saint Lo, Coutances, Argentan;
Avranches, Bayeux, toi l'asile
D'Odon, son frère; Carentan,
Verneuil, Alençon, Laigle et Vire;
Evreux, Louviers; Elbeuf, qui mire
Dans la Seine son riche front;
Dieppe, Le Havre, fait navire;
Mortain, Séez et Lisieux et l'escarpé Domfront?

« Cités, mes sœurs de Normandie,
Prêtez l'oreille à mes accens:
C'est pour un roi que je mendie!...
Son bras, par des efforts vaillans
De vos murs repoussa la guerre
Et, des tyrans juge sévère,

Punit vos barons oppresseurs...
Il vous livra de l'Angleterre,
Soumise à son épée, et l'or et les honneurs....

« Appelez vos enfans au casque de GUILLAUME?
D'un généreux concours salut aux pieux dons!
Humble dénier du chaume,
Obole de la tente et du palais doublons;
Pécule, aride fruit de la calleuse paume:
Tous, soyez honorés! vous aussi, vieux testons!
Appelez vos enfans au casque de GUILLAUME?
D'un généreux concours salut aux pieux dons!...

« Français de toutes les contrées,
N'admirez-vous pas un grand cœur,
Contre des haînes conjurées,
Seul, combattant d'un bras vainqueur;
Sans appui, marchant vers la Gloire,
Et, répondant par la victoire
A l'attaque qui vient soudain,
Qui livre son nom à l'Histoire,
Gravé parmi les rois sur l'immortel airain.

« A cette volonté puissante,
Qui sut combattre et gouverner,
Sage, rapide et prévoyante
Dans l'art d'agir et d'ordonner,
Dressez l'airain, qui perpétue
L'homme illustre dans sa statue:
Notre GUILLAUME, au Panthéon,
Près du grand CHARLES, constitue
La Trinité française, avec NAPOLÉON.

« Venez tous, citoyens, au casque de GUILLAUME?
D'un généreux concours salut aux pieux dons!
Humble dénier du chaume,
Obole de la tente et du palais doublons;
Pécule, aride fruit de la calleuse paume:
Tous, soyez honorés! vous aussi, vieux testons!!
Accourez, citoyens, au casque de GUILLAUME?...
Place aux nobles concours!... salut aux pieux dons! »

Septembre 1840.

CHANT SUPRÊME

DU

DERNIER BARDE.

Il est minuit. La déesse des ombres
De ses mornes splendeurs a parsemé les cieux.
Dans un ruisseau limpide, aux flots capricieux,
D'un sinueux vallon qui baigne les flancs sombres,
Du fanal de la nuit les rayons argentés
En doux éclairs discrètement scintillent;
Et sur les joncs, par la brise agités,
Et sur le saule, aux rameaux qui pendillent,
Brillent dans la rosée en mobiles clartés.

Dans la vallée, une gorge béante,
Immense déchirure, ouverte dans les flancs
D'un môle de granit, ouvrage de titans,
Elève dans les airs l'énormité pendante
De deux murs, hérissés de rochers sourcilleux.
L'humble rivière accourt, bondit et tombe
Du frais gazon, dans ce lit caverneux;
Et dans la nuit de cette humide tombe
Ses flots comme un torrent roulent tumultueux.

Tel qu'un linceul, s'allonge sur l'abîme
Un voile de brouillard, qui de ses blancs flocons,
Dispersés par la brise, appendus aux buissons,
Attache le duvet à l'une et l'autre cime;
Et sur la mousse aussi, doux velours du côteau,
Sur le gazon, où la fraise ignorée
Cache ses fruits près du naissant ormeau,
Du noir ravin la vapeur égarée
Etend parmi les grès son humide réseau.

A l'Orient, un mur quadrangulaire,
Que porte sur son front de rochers suspendus,
Un sombre promontoire, aux étages ardus,
Sur l'abîme brumeux se dressant comme une aire,
Dessine dans la nuit un menaçant donjon.
A son flanc, une tour, œuvre romaine, (1)
Phare géant, borne de l'horison,
Voit à ses pieds, altière souveraine,
De remparts tourellés s'arrondir le cordon.

Au faîte de la tour soudain brille une étoile,
Telle qu'un fanal glorieux!
Devant cet astre merveilleux,
Des champs du ciel l'armée avec respect se voile
Et semble s'incliner....
La lune a fui pâle, éclipsée,
Ainsi qu'une torche empoissée,
Quand revenant trôner,
Des bords de l'horison lancée,
La gloire du soleil commence à rayonner.

Des feux, en longs éclairs, en rapides fusées,
Volent, s'élancent dans la nuit;
De sons inouis l'air brûit;
De la terre ont mugi les parois embrasées.
Effroi des pélerins,
La folle aigrette lumineuse,
Vole sur la vapeur brumeuse,
Et, dans des cieux sereins
Roulant sa voix majestueuse,
Le tonnerre prédit de splendides destins...

---

(1) Une tradition, erronée sans doute, lui donnait Jules César pour fondateur.

Dans les flancs de la tour, asile du mystère,
Se dérobe aux regards un réduit solitaire.
Il s'entr'ouvre... voyez, sur un lit fastueux,
Une femme étendue et de pâleur voilée !
En désordre est sa couche et de ses blonds cheveux
La mer, en flots soyeux,
Se répand déroulée.

De son sein haletant le doux contour s'affaisse ;
Son regard, plein d'amour, vers un enfant s'abaisse,
A défaut de ses bras, qu'enchaîne la langueur ;
Sa bouche veut parler, et muette s'agite,
Et l'azur de ses yeux est morne de douleur
Et d'angoisse son cœur
A coups pressés palpite.

Près d'elle est un guerrier, d'héroïque stature.
Des conquérans du nord il a la chevelure ;
En son regard limpide est des enfans d'Odin
Cet air audacieux, qui jamais n'examine
L'ennemi qui s'avance et le péril soudain ;
Et qui, noble et hautain,
Ordonne qu'on s'incline.

Sombre, silencieux, appuyé sur un glaive,
Du visage inquiet, que la mère soulève,
Au front du nouveau né, que caresse son cœur,
Il promène un regard, qui décèle incertaine
Son âme, balancée entre un obscur bonheur
Et le cruel honneur
Du pouvoir, qui l'enchaîne...

« Voyez ! » s'écrie une matrone,
Ministre de la couche et des cruels labeurs
De la femme, livrée aux fécondes douleurs.
« Voyez ! si vite on ne lui donne,
« Sans balancer, l'enfant prendra
« Avec la lance, avec l'épée ;
« Et sa forte main défendra,
« Dans le sang des vaincus trempée,
« Le paternel domaine et le prix des combats !...
« Tu seras prince,... roi, forte tête et bon bras ! »
Dit la sybille, et son doigt prophétique
Montre le nouveau-né,

Qui, nu, s'agite au lit, que la sueur rustique
Aux champs a moissonné.

Sa main novice avec effort travaille,
Saisit, attire sur son sein
Les brins épars de sa couche de paille,
Puis en faisceau tient son butin ;
Et quand la matrone, inclinée,
Dont la prunelle illuminée,
Avide lit ce présage nouveau,
Veut lui ravir cette moisson futile,
L'enfant résiste, ainsi qu'un lionceau,
A sa proie attaché d'une griffe débile....
« Que de grandeurs je lis dans ce pauvre berceau ! »

« Silence !... assez !... femme, faites silence !...
Entendez-vous ma voix ?...
Que font tes yeux et ta vaine science ?...
Des valeureux exploits,
Toi, soulever le voile
Et les voir endormis au sein de l'Avenir !...
Ta main file la toile,
Et ton timide esprit ne saurait soutenir
Les brûlantes splendeurs des champs de l'Empyrée !...
Une femme, chanter d'une voix inspirée
Les prodiges futurs d'un enfant du dieu Thor ;
La guerre, des combats, et des combats encor !..

« Toi, dire de la lance
Le vif éclair, le choc mortel ;
Du glaive, qu'on balance,
Qui rapide descend comme un rayon du ciel,
La saignante tranchée,
Et la plaine, jonchée
De débris palpitans d'hommes et de chevaux !...
Pauvre femme, tais-toi !.. folle vieille, en arrière !
Car trop craintive est ta paupière
Et ta langue bégaie un jargon trop vulgaire,
Pour voir et pour chanter d'héroïques travaux !! »

Qui parle ainsi ? quelle est la voix, tonnante
Et, comme un ordre, et l'oreille tremblante
Qui jette ces mâles accens ?
C'est la voix d'un vieillard, à la blanche tunique.
Sur sa tête, aux cheveux flottans,

Qu'inonde la neige des ans,
S'arrondit un rameau de l'arbre druidique.
Sous des sourcis touffus, d'un éclat prophétique
Pétille son œil caverneux.
Sur son sein pantelant, d'une barbe ondoyante
Roulent les flots majestueux
Et d'un glaive acéré pend la lame tranchante,
Attachée à son flanc nerveux.

Chantre-soldat, souvent dans les batailles,
Avec le fer il ouvrit des entailles
Dans la poitrine des guerriers.
Sa main, qui célébrait des héros la victoire,
Sut aussi, cueillant des lauriers,
Briller dans les combats et vouer à sa gloire
La dépouille des chevaliers.

Qui frémit sur son sein? c'est la harpe du barde,
Qu'entoure son bras valeureux....
Devant le nouveau-né, qu'en silence il regarde,
Il baisse un front respectueux...
Paix !... écoutez !... sa bouche frémissante,
Que soutient sa harpe vibrante,
Du livre du Destin,
Où son esprit va lire,
Au Monde va redire
Un arrêt souverain...

« Sur la paille de la misère,
Pauvre enfançon,
Faible, sans nom,
Te voilà !... jeté nu sur terre;
Seul, dénué d'appui : tu n'as pas même un père,
Qui, pour te soutenir, vers toi baisse le bras!
Ta mère est ta seule famille;
Et tes amis?... un seul ne te trahira pas :
Cet ami? c'est le fer, qui brille
Et qui frappe dans les combats ...

« Ton pied novice a de la vie
Franchi le seuil :
Ton front, en deuil,
Du Sort connaît déjà l'envie!
De l'auteur de tes jours, avant le tems ravie,
Se brise l'existence, en des climats lointains....
Arraché du sein de ta mère,

Va, pupille captif, aux cauteleux desseins
Du roi d'une plage étrangère,
Confier tes jours incertains !...

« Contre ta faible adolessence,
Couverts d'airain,
Le fer en main
Et forts de ta jeune impuissance,
De félons chevaliers, enivrés d'insolence,
En nombreux escadrons s'assemblent conjurés.
D'ingrats amis la perfidie
S'unit à des parens, de ton sang altérés,
Et dont la voix du Ciel mendie
Contre toi les foudres sacrés.

« Accourez, fils de la patrie,
« Sous l'étendard !
« Guerre au bâtard,
« Indigne fruit d'une mère flétrie !...
« Renvoyons au réduit d'une vile industrie,
« Cet enfant, trafiquer de toisons et de peaux !
« Haro sur lui ! son insolence
« Prétend du souverain s'arroger les faisceaux ;
« Et s'ouvrir du fer de sa lance
« Les barrières de nos châteaux ? »

« Soudain tombe comme la foudre,
Qui gronde, luit,
Brise, détruit,
En roulant de noirs flots de poudre,
Cet ignoble bâtard, dont le bras vient dissoudre
La ligue, dans le sang des rebelles surpris ;
Et sous son glaive formidable,
Du vil pelletier glorieux petit-fils,
Il courbe la tête coupable
De ces fiers conjurés soumis....

« Noble enfant, la coupe est amère
Où tu boiras.
Ton jeune bras
Avec effort devra se faire,
Seul avec ta valeur, dans l'humaine carrière,
A travers les hasards un pénible chemin...
Mais du Malheur l'âpre baptême
Donne à la volonté la force de l'airain ;
Et devant un péril extrême,
Rapide et ferme il rend la main. »

Le vieux barde s'arrête, avec effort respire
Et se tait épuisé.
Sous ses doigts engourdis la mélodie expire ;
De son front embrasé,
Qui pesamment s'abaisse,
Le feu divinateur dans une nuit épaisse
S'éteint, comme un fanal à l'orage exposé ;
Et son regard se voile,
Dans les plaines des cieux de même qu'une étoile,
Sous le nuage noir, que l'orage a creusé.

Le guerrier est ému, son large sein palpite,
Gonflé par le bonheur ;
Il tend ses bras nerveux, que la tendresse agite ;...
Il a mis sur son cœur,
Doucement il le serre,
D'un long souris d'amour en carressant sa mère,
L'enfant prédestiné, que naguère au malheur
Sa main dénaturée
Peut être allait livrer.... et sa bouche énivrée,
Attachée à son fils, le baise avec fureur....

« Prince, » dit le vieillard,... « mère, faites silence !...
Peu de jours sont à nous ; et le tems, qui s'avance,
Bientôt, comme un roseau sous le pied du chasseur,
Vous brisera, seigneur...
Hélas ! de cet enfant les illustres merveilles,
Pour étonner nos yeux et charmer nos oreilles,
Trop loin sont dans la nuit des flancs de l'Avenir !...
O rejeton des héros scandinaves !
Noble sang du grand Roll, que ne puis-je mourir,
Débile vétéran, dans le banquet des braves !...
De la vieillesse odieuses entraves,
Par grâce ! laissez-moi périr,
Couché sur les lauriers de sa naissante gloire !...
Mais... non ! la Mort m'appelle ; et mon dernier soupir,
Indigne du guerrier, loin du champ de victoire,
S'exhalera flétri, sur le honteux duvet !...
Adieu ma vieille épée !... Eh ! trop forte cuirasse,
Oh ! pourquoi ta surface,
A-t-elle d'un guerrier un jour brisé le trait !... »

Mais des chantres d'Odin le prophétique élève

Redresse vers les cieux
Un front audacieux.
Son œil, étincelant comme l'acier d'un glaive,
Darde de longs éclairs,
Et cherche dans les airs
La page sybilline
Des suprêmes arrêts, qu'en bronze, le Destin
Avec le fer burine
De son bras souverain.

« Arrière, d'un vieillard les pleurs et la disgrâce !... »
Dit-il, serrant sa lyre et le front inquiet.
« Je frémis... écoutez !... on me parle en secret...
« De mes yeux éblouis l'humain brouillard s'efface !!

« Des combats! des combats !...
Voyez-vous les épées,
Ministres du Trépas,
De sang fumant trempées !!
Le casque est écrasé sous la masse d'acier ;
La cuirasse s'entr'ouvre au glaive meurtrier
Et, sur ses entrailles sanglantes
Le généreux coursier,
Traînant le chevalier,
Se jette sur le fer des piques menaçantes...

« Ce chef de potentats,
La tête fleuronnée ;
Dans ces flots de soldats,
L'armure blazonnée,
Qui sont ces deux guerriers, au geste triomphal?...
Henri, le roi de France, et son puissant vassal,
Qui tient l'Anjou sous sa bannière...
Ils donnent le signal ;
Et pour un choc fatal,
Volent mille escadrons sous des flots de poussière.

« L'étendard de Rollon
Accourt sur la tempête !
De Thor c'est le guidon,
Qui, sinistre comète,
Présage aux ennemis la défaite et la mort...
Des terribles normands qui soutiendrait l'effort ?...
Dans les flots sanglans de la Dive
Roulent les bataillons ;

Et des rouges bouillons
S'exhale des vaincus la détresse plaintive... »

« Mais par torrens où roulent ces soldats ?
Du galop des chevaux au loin tremble la terre :
Leur soif immense épuise une rivière ;
Et les guerriers, dans un repas,
Ont dévoré les fruits d'une province entière !...

« De l'aride Cantal les rudes montagnards,
Unis aux heureux fils de la riche Bourgogne,
Lèvent leurs étendards.
Les cauteleux enfans de la vive Gascogne,
Des monts Pyrénéens les pâtres, aux pieds nus,
Se joignent, en courant, aux peuples chevelus
Du vieux sang pictonique.
En tunique velue, accourt de l'Armorique
Le celte druidique,
Aux longs cheveux pendans,
Suivi des combattans
Des bords, que, réunis dans un lit magnifique,
La Loire et la Mayenne engraissent de leurs flots...
Tous ces guerriers, tous ces héros,
Guidés par la même pensée,
S'avancent à Paris, en masse condensée
Vers la multitude pressée
Des fils impétueux
Des riches bords de l'Aisne
Et des peuples naïfs de la rémoise plaine,
Aux pampres glorieux...

Sur la plage, qu'enserrent
De Chaumont les côteaux,
La Seine et ses roseaux
Et le vieux mont de Mars, que les guerriers revèrent,
Comme sur l'Océan,
En proie à l'ouragan,
Des flots d'acier, de bannières, de têtes
Roulent tumultueux...

« Mais quels nouveaux torrens annoncent ces trompettes?...
Des barons, au casque orgueilleux,
De leurs coursiers impétueux
Ouvrent dans cette mer humaine,
Lentement d'immenses sillons ;
Et dans les flancs creusés de la mobile plaine

Accourent s'engloutir de nouveaux bataillons...

Ce sont les peuples de la Somme,
Et de la Scarpe et de l'Escaut,
Qui s'avancent comme un seul homme.
Ainsi qu'on voit dans le Haiuaut,
Couler ces deux nobles rivières
Et vers les bataves frontières
En un golfe d'eau douce unir leurs flots errans,
De même, en deux larges torrens
Roule à grand bruit la double armée,
En grondant qui conduit les vagues de ses rangs
Gonfler cette mer animée...

« Pour qui lève le bras,
Quel chef suit cette myriade
De farouches soldats?
Que va chercher dans les combats
De ces hommes de fer l'immense cavalcade?

« Henri, le roi des rois
Qui gouvernent la noble France,
Sous ses suprêmes lois.
L'amer souvenir des exploits,
Qui rougirent la Dive, attise sa vengeance.

« C'est sur toi, noble enfant,
Que va s'abattre ce déluge!
Dans ce suprême instant,
Seul contre tous en combattant,
Tu n'as que la victoire, ou la mort pour refuge...

« Vers la poitrine d'un guerrier
Comme deux énormes épées
Qui pointent leur angle d'acier,
De Henri les bandes groupées,
En colonnes sont décampées
Et, dans leur essor meurtrier,
Sous leurs pas dévorant la terre,
Sur tous les points, pour t'effrayer,
Paraissent t'apporter la guerre.

« Dans sa course, aux replis poudreux,
Qui suit des rives de la Seine
Les bords profonds et sinueux,
De cette armée assyrienne

Une moitié, que Henri mène,
S'avance en flots tumultueux ;
Et, roulant, tempête effrayante,
La mort, des chaînes et des feux,
Vient se répandre autour de Mante.

« Ainsi qu'une horde de loups,
Dont la famine impatiente
Déchire et broie avec courroux
La chair de la brebis absente,
Des guerriers l'ardeur incessante
Vole, menaçant de ses coups
L'ennemi, qu'elle fait sa proie
Et dont l'absence, ô ciel jaloux !
Frustre son triomphe et sa joie....

« Entendez-vous ce cri,
Qui, parmi la nuit sombre,
Sous les tentes, sans nombre,
Des soldats de Henri
A jeté l'épouvante?
Une voix éclatante,
A l'accent de héros,
Comme un coup de tonnerre
Fait retentir ces mots :
« DORMEZ-VOUS SOUS LA TERRE ?

« Alerte ! levez-vous ? c'est trop long-temps dormir !
« Le sommeil est fatal sous le coup de l'épée :
« N'avez-vous pu le pressentir?
« Hâtez-vous et faites partir
« Vos chars, de gens de deuil une troupe équipée :
« Des guerriers sont couchés, qu'il faut ensevelir...

« Eudes, le fils de France, aux champs de Mortemer,
« A vu ses bataillons en débris se dissoudre
« Et disparaître sous le fer.
« De son compagnon le plus cher :
« De Montdidier la tête ensanglante la poudre ;
« Et Ponthieu sous le joug courbe son front si fier... »

« C'est l'anonyme fils
D'une plébéienne ignorée,
C'est d'une famille, livrée,
Dans un humble logis,

Aux travaux d'un état vulgaire,
Le rejeton vaillant
Qui vient de coucher sur la terre
Les mille bataillons d'un grand roi, tout puissant,
Dont la main, en espoir, brandissait le tonnerre...
Et c'est toi faible enfant!!!

« Protecteur glorieux
Des peuples de la Normandie,
Ame, dans le danger hardie,
Héros victorieux;
Rapide conquérant du Maine;
Prince, dont les faisceaux
Imposent la loi suzeraine
Au duc des fiers bretons, qui t'ouvre ses châteaux,
Je te salue, enfant, sur ta pourpre romaine,
Prise au lit des troupeaux! »

Arlette, de ses yeux et de sa bouche avide,
Appelle sur son sein ce fils prédestiné.
Elle touche d'un doigt délicat et timide,
Avec amour, la main du héros nouveau-né;
Et la baise, et sourit et puis soudain frissonne:
Sur cette tendre chair
Elle a cru rencontrer le rude abri de fer,
Dont la dure écaille emprisonne,
Comme une croûte de l'Hiver,
La dextre du guerrier, que la Gloire aiguillonne.

Et puis la jeune mère agite sur ses bras,
Couve d'un long regard la frêle créature,
De ce regard, que l'avare n'a pas,
Quand de ses chers amours il touche la parure;
De ce regard profond, vigilant et jaloux,
Que, bravant les poignards, Argus et ses verroux,
Devant sa bien-aimée
Un amant, à genoux,
L'âme avide et charmée,
Promène moins heureux, moins ardent et moins doux.

Après, en jeune fille, avide et curieuse,
Elle palpe son fils et le baise à la fois,
Frémissante, étonnée et d'orgueil radieuse...
De la main enfantine elle entr'ouvre les doigts,
Ces frêles doigts crispés, où sommeille la force,
Tels qu'un robuste chêne, en sa naissante écorce;

Et qui, de leurs muscles de fer
Etreignant une lourde épée,
Dans l'épaisse armure, frappée,
Feront entrer la mort avec l'éclair...

Sur le front de l'enfant, où s'arrête sa bouche,
Où sa main égarée appelle des cheveux,
Son esprit et ses yeux
Placent du chevalier farouche
Le casque formidable et son cimier d'airain...
Puis, d'un geste mutin
Chassant l'armure absente,
Arlette, impatiente,
Cherche du cercle d'or l'auréole brillante
Au front du futur prince, élu par le Destin.

« Bonne Agar, le voilà! » dit-elle, l'œil humide;
« Regarde le fatal enfant,
Qui devait attaquer, nouveau-né parricide,
Mon sein, en lambeaux et sanglant!!..
Le monstre, est un amour innocent et débile,...
Que sa mère, ravie, attache sur son cœur....
Vois ce front, que devait sillonner la fureur!...
Comme au doux soir d'un ciel pur et tranquille,
Les roses du sommeil y versent leur fraicheur...

« Une nuit, j'avais vu, dans la fièvre d'un songe,
Naître de mon flanc malheureux
Un fils... Oh! de l'Enfer exécrable mensonge!...
Mon fils, barbare, furieux,
De sa naissante main arrachait mes entrailles.
Puis croissait, grandissait et, devenu géant,
Les traînait dans les champs, arrosés de monsang;
Et, des cités gravissant les murailles,
Les étalait aux yeux, d'un geste triomphant...

« Ce fils, que j'ai conçu, n'est-il pas mes entrailles,
Qu'il tire, en naissant, de mon sein;
Que, guerrier, puis héros, puis foudre des batailles,
Il promenera, sous l'airain,
Aux remparts des cités, aux vallons, dans les plaines...
C'est par lui que ma chair frémira de douleur,
Si mon fils se débat aux serres du Malheur;...
Et sous le fer des luttes inhumaines

Son sang, s'il doit couler, jaillira de mon cœur.... »

« Obscure fille de Falaise,
Sois fière dans ton âme et nourris-toi d'orgueil !
Sur ton front acharné, femme vouée au deuil,
Que l'opprobre toujours te pèse.
La mère du BATARD se fie à l'Avenir :
Du lustre de son fils il saura la couvrir ;
Et de la pauvre Arlette on verra l'humble chaise
Des plus nobles barons dominer le fauteuil...
Obscure fille de Falaise,
Sois fière dans ton âme et nourris-toi d'orgueil !

« Le burin de l'Histoire ignore
La femme qui conçut le conquérant Rollon ;
Le temps a dévoré sa tombe avec son nom,
Que dans son fils le Monde honore.
Une secrète voix a crié dans mon sein :
« Ton souvenir vivra plus longtemps que l'airain ;
« Et les peuples diront, après mille ans encore :
« ARLETTE MIT AU JOUR GUILLAUME EN CE DONJON. »
Le burin de l'Histoire ignore
La femme qui conçut le conquérant Rollon. »

« Mais, vieillard, votre voix, à l'accent prophétique,
N'a pas tout dit des choses d'avenir ?...
Mon esprit tient gravé, qu'en mon songe ironique,
J'apercevais mille vaisseaux courir,
A travers les dangers, sous un chef héroïque,
Vers une île orageuse, aux abords blanchissans...
Puis mon fils d'une tour bâtissait les murailles,
Qu'un grand fleuve baignait de ses flots mugissans...
Sur un trône Guillaume élevait mes entrailles.
Vingt peuples, enchaînés,
Dans le sang prosternés,
A la voix des hérauts, leur offraient des hommages...—
« Eh bien ! femme, tai-toi ; car je me sens mourir :
Mon arrêt est inscrit au souveraines pages
Du livre du Destin, que je vois s'entr'ouvrir...

« Voyez-vous là-bas cette armée ?...
Sur le rivage, en longs sillons
Se déroulent ses bataillons.
Vingt peuples divers l'ont formée :

Les fils de la Loire et du Rhin,
Le breton et le poitevin
Marchent sous la même bannière.
Des germains suivent des flamands;
Mais les premiers dans la carrière
Brillent les escadrons normands.

« Sur mille navires portée,
L'armée a vu ses matelots
Céder à la rage des flots.
Mais à la vague révoltée
Son chef commande sans effort:
La mer, pour le conduire au port,
Devient docile et favorable;
Et, signe d'un trépas royal,
Une comète épouvantable
De la flotte est l'heureux fanal.

« Terre!... amis, la voyez-vous?... terre!
« Soldats, à vos arcs meurtriers?
« Fixez vos casques, chevaliers?
« Voilà vos jeux: voici la guerre! »
Couverts de l'écume des flots,
En essaims, les nobles héros
Atteignent le fangeux rivage.
Leur chef, d'un pied impatient
Courant, tombe: à moi cette plage!
« Le Sort, » dit-il, « m'en fait présent! »

« Mais un brouillard couvre ma vue!...
Un froid mortel saisit mes sens...
J'arrive à mes derniers instans.
Ecoutez!... du ciel l'étendue
Retentit de cris de soldats;
La terre tremble sous leurs pas!...
En torrens roulent deux armées
Qui, dans un immense duel,
En murailles d'acier formées,
Vont se heurter d'un choc mortel.

« Au sein de forêts druidiques,
Sur un côteau, bordé de pieux,
Un prince, d'un bras orgueilleux,
Teint du sang des hordes cimbriques,
A rangé ses rudes soldats.
Gonflés de leurs récens combats,
Serrant leur hache meurtrière

Et brandissant de longs poignards,
Leurs cris de l'armée étrangère
Hâtent les trop lents étendards.

« Comme un fleuve, par l'orage
Large torrent écumeux,
Elancé de son rivage,
Poussant ses flots furieux
De la prairie à la plaine,
Vainement son onde entraîne
Jusqu'aux rochers du côteau,
Devant les pieux l'autre armée,
Par la hache décimée,
Voit reculer son drapeau.

« Mais au pied de la colline,
Le chef de ses escadrons
Retourne la javeline...
Sous le bras des forgerons
L'enclume moins fort murmure,
Que sous la masse l'armure...
Assaillans, de poursuivis,
Ils jonchent avec l'épée
La terre, de sang trempée,
De moissons d'humains débris.

« Au milieu de la mêlée,
Sous son coursier, expirant
Dans une foule, immolée
Par son glaive devorant,
Le héros combat, ordonne...
Sur le cheval, qu'on lui donne,
Il vole comme l'éclair
Et des ennemis, en fuite,
Sous sa terrible poursuite
Par lambeaux tombe la chair...

« Voyez-vous sur la colline ,...
Mes genoux sont chancelans...
Voler cette javeline !...
Mais ma voix n'a plus d'accens...
Sur cet humain hécatombe
Harold, inanimé, tombe !...
GUILLAUME-LE-CONQUÉRANT,
GUILLAUME, ROI D'ANGLETERRE?
Londres, dans son sanctuaire,

Pour te couronner.... t'at.... tend!! »

Comme un vieux chêne, à la tête chenue,
Victime de la faux du Temps,
Incline ses rameaux tremblans
Et les redresse, en déchirant la nue,
Le barde étend les bras,
Cherche les cieux, expire
Et tombe sur sa lyre,
Dispersée en éclats.

Avril 1842.

APPEL

POUR L'ÉRECTION D'UNE STATUE

A

GUILLAUME-LE-CONQUÉRANT.

Eh! quoi! partout de pieuses statues!...
Partout l'airain, en gloires méconnues!...
Le marbre vit aux rustiques parvis:
Qui ne refait en ses pages perdues
L'Histoire enfin pour des héros amis!...
D'ovations retentissent les nues...
Eh! de Condé n'entends-tu pas les cris,
Falaise, toi, dont GUILLAUME est le fils?

Quel fouet craindra ta rétive indolence,
Quand vingt canons de leur haleine immense,
Fêtant d'Urville, ébranlent tes créneaux?
Est-ce Argentan, proclamant la naissance

De Mézeray, par des honneurs nouveaux ; (1)
Est-ce St-Pierre, exaltant l'importance
D'un demi-dieu, fameux par ses tonneaux, (2)
Qui t'apprendront le culte d'un héros?

Dors à loisir ! ta jeune sœur de l'Orne,
Du froid Oubli demain brisant la borne,
Va se targuer d'un fabuleux berceau... (3)
Un piédestal, qu'un bronze pieux orne,
Près du débris d'un moderne tombeau (4),
Montre aux caennais l'image triste et morne
De ton Batard, loin du natal côteau,
Par charité concitoyen nouveau....

Mais non ! ton sein de fierté généreuse
A ressenti l'étincelle fougueuse.
Sous les débris de tes illustres tours
Ton front, paré de rougeur orgueilleuse,
S'est redressé, réflétant tes beaux jours...
« Donjon, » dis-tu, « ta roche sourcilleuse,
« Blâme muet, reproche sans discours,
« D'un long oubli va voir finir le cours. »

« A moi, mes fils ! d'une œuvre expiatoire
Vite apaisons le courroux de l'Histoire...
Votre concours pour ce noble dessein,
Oh ! je le vois, nous promet la victoire :
A l'œuvre, tous, vous offrez votre main !
Trônant bientôt sur un socle de gloire,
Le conquérant, le front calme et serein,
Vous sourira d'une lèvre d'airain... »

« Vous qui, dans l'art de parler et d'écrire,
De combiner, de résoudre et conduire,
Brillez, féconds en sage habileté,
Constituez le corps, qu'il faut élire....
Il vit, agit votre ardent comité;
Rouen limite, Evreux, Cherbourg et Vire...
Le grand Batard n'est plus déshérité :
Paris, la France, enfin l'ont adopté !! »

6 Novembre 1844.

---

(1) Historiographe de France, né à Argentan.

(2) St-Pierre-sur-Dive, dans le pays d'Auge : la Bourgogne de Normandie.

(3) On a soutenu que Guillaume était né à Caen.

(4) Le fémur, seul débris, que couvre le marbre de l'église St-Etienne.

LE CENSEUR DE ROUEN

ET

GUILLAUME DE FALAISE.

Vous jonglez, Monsieur le CENSEUR, et tout vous agrée pour mettre en évidence votre éblouissante prestesse. Le 3 du présent mois, Falaise s'est trouvé sous votre main : évidemment vous souffriiez d'un dénuement extrême d'instrumens de bateleur; sans cette triste pénurie, vous seriez-vous pollué du contact de cette ignoble chose, nommée Falaise.... que d'énergiques ablutions a dû faire réiterer la malheureuse à votre pointilleuse coquetterie !...

C'est à l'occasion d'un PROJET DE STATUE, que vous pelottez cette ville... où êtes-vous né, Monsieur le CENSEUR ; qu'elle est l'heureuse métropole, qui fut prédestinée à être votre berceau ? des gens, mal informés sans doute, répondraient à cette question, que l'Ante fournit l'eau de votre baptême.... mais je me hâte de m'inscrire en faux contre ce qui ne peut être qu'une assertion, plus que hasardée : C'EST UN SI VILAIN OISEAU, QUE CELUI QUI SALIT SON NID, dit Rabelais, dont vous continuez, avec une grâce si ingénieusement pétillante, la verve satirique et railleuse.

Mais, délicieux Rabelais II, croyez-vous que le joyeux CURÉ DE MEUDON eût, au 19e siécle, entretenu le public, de la burlesque LANTERNE et du GARS QUI NE VOULAIT PAS L'ALLUMER ?... décidément, les projectiles vous manquaient, le 3 9bre !...

L'histoire de la lanterne et du gars, dites-vous du haut d'une lèvre dédaigneuse, EST TOMBÉE DANS LE DOMAINE DES

NOURRICES, et vous ne vous apercevez pas, vous, papillon figaro, butinant dans ce domaine d'inepties stupides!... « mais, » me criez-vous, « avant tout, il faut que je vive! » franchement, ravissant CENSEUR, je n'en vois pas l'absolue nécessité.

Eh! pourquoi, trop cruel étourdi, railler Falaise de la décadence de SON ANTIQUE FOIRE? vous n'y gagnez rien, pas même les abonnés. Mon dieu! tout finit ici bas, les génies, comme les foires!... eh! ne prévoyez-vous pas que le soleil de votre esprit aura, hélas! son coucher.

Par Bilboquet! votre marotte s'appesantit trop gratuitement sur les FABRIQUES DE BONNETS DE COTON! cette humble industrie, en vérité! n'a jamais éveillé dans l'esprit de ses desservans le plus léger ferment de vanité. Et pourtant ils ont le malheur de ne vous apprécier pas!.. ils se contentent de coiffer de leurs blanches thiares le plus de gens, qu'ils peuvent, espérant que, s'ils mettent sous cloche bon nombre de beaux-esprits étiques, ils auront l'honneur de protéger quelques cervelles richement douées...

Pauvre Guillaume! toi, dont la fortune étonne l'Histoire, tu ignorais en mourant, que le Destin t'avait condamné à deux malheurs posthumes : à ne pas vivre le contemporain de la Paix-à-tout-prix, d'abord; ensuite (seconde et plus affreuse calamité!) à être réservé aux souverains arrêts et aux superbes mépris DU CENSEUR DE ROUEN...

Ta vie fut bien traversée, elle ne fut même qu'un long combat, sans trèves. Resté sans rivaux et expirant sur un trône, ta conquête, tu pouvais rêver quelque avenir à ton nom... présomption insensée! ..oui! malheureux semblant de grand homme, c'était bien vainement que, faible orphelin, délaissé, trahi et abandonné aux spoliations de tes proches par le chef de l'Église lui-même; n'ayant pour arme qu'un droit contesté... et ton courage, tu écrasais les conjurés, que tu mettais le pied sur le front de tes barons insolens! à quoi bon repousser d'un bras infatigable des aggressions subitement renaissantes? tu restais dévolu, lion impuissant, aux futures piqûres du plus implacable des moucherons...

Que te servaient Hastings et ta foudroyante valeur; ta promenade, tête nue, sous les haches saxonnes? que gagnais-tu à être le rival heureux d'un aussi redoutable guerrier que Harold et de n'avoir vaincu qu'à force de constance et d'habileté? oh! bâtard infortuné, plutôt que de marcher le second après Chalemagne et d'avoir été grand et génie d'action, malgré la barbarie de ton siècle, que bien mieux t'eût valu de débiter des pelleteries dans l'échoppe de ton aïeul: ton obscurité t'aurait préservé des jugemens olympiens de ce foudroyant CENSEUR, qui te qualifie : une variété bâtarde d'Attila....

Il t'accorde, il est vrai, ton flagellateur, LA BRAVOURE, LES TALENS MILITAITES; mais le Rhadamante de Rouen inscrit sur ton front : CRUEL, AVARE ET SANS FOI...

Sans entendre passer condamnation sur ces allégations; je vous demande, rigide CENSEUR, si vous savez une personnalité historique, sans tache. Est-ce que le Dieu du dernier siècle illustre, Louis XIV, dit le Grand, a deux reprises, ne faisait pas incendier le Palatinat, par Turenne, autre grand homme? et la France n'a-t-elle pas dressé des statues à l'un et l'autre. Les harpagons de notre SIÈCLE D'OR ne comptent-ils pas, par plus d'un, leurs royaux confrères? la Bonne-foi a-t-elle pour autels tous les trônes de l'Europe? enfin, votre stoïque austérité pourrait-elle affirmer que, si vous vous fussiez nommé GUILLAUME-LE-BATARD, contemporain de Henri Ier., vous auriez légué à l'Histoire un nom plus pur, mais aussi glorieux?...

Mais revenons à Falaise, c'est-à-dire : au malheureux plastron de votre génie.

Il n'a pas été le seul ENFLAMMÉ DE LA SOIF DE CÉLÉBRITÉ et l'envie de TURBOT, que vous lui prêtez; avouez le? vous harcelait bien plus que lui-même, lorsque vous vous ingéniiez de votre article du 3 Novembre. Vous avez déjà la célébrité, répond l'Univers; et vous avez pêché le turbot nécessaire. Vous avez servi le plat au public... qu'en dites vous, monsieur l'auteur? est-ce un chef-d'œuvre de cuisine?...

Les falaisiens, vous le déclarez, n'ont point été heureux dans leur quête ambitieuse: quelle pêche de grand homme, qu'un pauvre conquérant, vermoulu et absolument bâtard!... mais ils ne sont que falaisiens; et ils n'en meurent point de honte!...

Ils se donnent le grotesque passe-tems de COURONNER UN MARCHAND D'HUILE, et, à l'occasion, un fabricant d'allumettes, non chimiques, lorsqu'ils sont jugés dignes de cette illustration; et leur microscopique béotisme trouve, hélas! cette OCCUPATION tout aussi EMINEMMENT UTILE ET HONORABLE, que de couronner certains littérateurs... Ils lèvent les épaules devant la fatuité burlesquement aristocratique, qui s'égaie sur LA TANNEUSE ARLETTE et devant le chevaleresque patriotisme français, qui prend dans la fange anglaise l'injure, qu'il jette à la mémoire d'une femme... HARLOT; et vous êtes censeur!...

Mais terminons.

Les citoyens de Falaise vous déclarent que des lazzis et des quolibets, pas plus que des grimaces et des voltiges, ne leur semblent des argumens sérieux; et qu'ils ont le malheur de rester sourds devant la sagesse de vos conseils. Ils ne renoncent point au PROJET EXCENTRIQUE, QU'ON LEUR A MALADROITEMENT INSPIRÉ; ET N'OUBLIENT PAS QUE, S'ILS ONT ÉTÉ NORMANDS, ILS SONT, A CETTE HEURE, FRANÇAIS. Ils ne veulent, pas plus que vous, éditer DE DOUTEUX GRANDS HOMMES et prendre CHEZ UNE NATION RIVALE des héros exotiques. Mais ils vous font observer que Guillaume est né et mort vassal, c'est-à-dire, sujet du roi de France; et que la patrie, en réunissant les provinces, anciennement détachées de son sein, n'a pu repousser l héritage de gloire, qui leur était propre. Ils espèrent donc élever SUR LE PIÉDESTAL DE L'IMMORTALITÉ leur royal concitoyen, qu'ils considèrent comme une des plus grandes figures historiques de la France.

Vous, qui professez un patriotisme si ardent, ne croyez-vous pas de circonstance de restaurer la mémoire d'un homme, qui se montra constamment haut et fier devant l'Etranger, qui répondit par l'épée à la menace; enfin, qui sut toujours être maître chez lui et par fois chez les autres.

Pour mon compte, j'ose prévoir, monsieur le CENSEUR, que nonobstant votre suprême arrêt, si ingénieusement assaisonné de facéties au gros sel, la ville de Rouen témoignera avec une libérale noblesse de son souvenir pour celui, qui la fit la première cité de l'onzième siècle.

Falaise, 10 Novembre 1844.

RÉHABILITATION

D'UN GRAND HOMME.

Il était fête à l'olympe français.
Le panthéon de la plage empyrée,
Étincelant de lumière éthérée,
Était ouvert au luxe des banquets :
De demi-dieux une élite, énivrée
De noble encens, de célestes sorbets
Et des vapeurs de la grappe dorée,
Siégeait joyeuse en radieux congrès.
Aux purs accords d'une douce harmonie,
Que Boïeldieu guidait de son génie,
Ils célébraient de récens immortels
L'avénement aux gloires d'Uranie.
Et puis chantait un chœur de ménestrels
Ces pélerins, dans leur course bénie,
Canonisés, par le bronze éternels :
Élus du peuple à l'honneur des autels.
« Duquesne, enfin l'Equité, qui sommeille
Dans les cités, comme aux louvres ingrats,
Balance en main, bienveillante s'éveille !
Du grand Ruyter le vainqueur, » dit Corneille
Sait de l'exil la vie et le trépas...

Être proscrit, pour d'illustres combats,
C'est un honneur qui touche à la merveille !...
Oh! que du Tems t'ont fatigué les pas,
Toi, dépouillé des insignes guerrières!...
Et que de plomb surchargea ton destin,
Pauvre étranger, aux rives étrangères !...
— « Pour n'avoir su transmuer mes prières
D'un bon français en gothique latin,...
Que tu goûtais, toi, Pierre, vieux romain!
Pour ton salut,... en ne l'estimant guères...
» Mais oublions mes terrestres misères,...
Dont ton génie et ta sublimité
Furent dotés d'une main libérale...
Enfin le Sort, en pose triomphale,
Élève un bronze à ton humanité;...
Quand ton héros des plaines de Pharsale,
Pompée aussi, ton grand décapité,
Goûte dans l'ombre une fortune égale,
Dort inconnu, du ciel seul abrité...
« Honneur aux fils de la vieille Neustrie!
C'est le seul cri de mon âme attendrie.
Ils sont pieux à tes mânes sacrés;
Et mon image a revu la patrie...
« Mais en ces lieux, de mes pas ignorés,
Des preux normands où siège la pairie?
— « Ici, guerrier, par les arts illustrés,
Siègent aussi les esprits consacrés;
Dans tous ses droits, la toge, émancipée
De l'orgueil noble et de l'orgueil vainqueur,
Au même rang s'assied avec l'épée...
« Tiens!... là! Malherbe en chaude mélopée
Pour Casimir tranforme sa raideur;
Pour Casimir.... (1) Mort, ta faulx s'est trompée,
En immolant ce suave enchanteur:
Cygne envolé dans un jour de malheur!...

— « Pierre, as-tu vu?... quel est ce personnage,
Au front neigeux sur un corps de titan?...
Tiens! le voilà!... Marius, vétéran,
Marchait ainsi, errant où fut Carthage,
Contre le Sort seul avec son courage...
Mais quel regard!... est-ce un Coriolan?
Sombre est son front, comme l'est l'ouragan,
Qui couve encor sa dévorante rage...

(1) Casimir Delavigne.

Vois ! son armure annonce un paladin,
Que Godefroy guida vers le Jourdain...
Dieux ! quelle épée, à son côté pendante,
Près d'une hache, arrondie et tranchante !
Énorme glaive, à la garde d'airain,
Ce dur acier d'une lame géante,
Même trop lourd pour un héros du Xanthe,
Comme un hochet badine dans sa main...
De son œil fier la bleuâtre étincelle,
Ses cheveux blancs, semés de filets d'or,
Signalent-ils un vieil enfant de Thor?...
— « Roll? il ne fut, en dépit de Giselle,
Le sceptre en main qu'un farouche mentor,
Qui dort entier dans la nuit éternelle,
Avec les preux, dont le brutal essor
Ne produisit qu'une vive étincelle....
« Mais un guerrier l'aborde, découvert...
A son manteau l'impériale abeille !...
C'est un normand !... Décius Valhubert ! (1)
Viens !... approchons, Duquesne. » dit Corneille.

« Prince, toujours, triste comme un désert,
Le sombre ennui sur votre front s'éveille;
Et ce palais encore s'est ouvert
Pour enchanter le regard et l'oreille!...
Quoi! vous de glace à ces brillans accords?
Ce sont des fils de votre Normandie, »
Dit Valhubert, « qu'on fête sur ces bords...
— « Seigneur, je suis un de ces heureux morts... »
Le vieux guerrier d'une lèvre engourdie
Voudrait sourire et fait de vains efforts.
« Enfant d'un port, voisin de Picardie,
Noble cité, dans les dangers hardie, »
Reprend Duquesne. « est-ce St-Valery ? »
S'est écrié le héros du vieil âge.
« O nom, jadis de mon orgueil chéri !
Cité de Caux, je partis de ta plage,
Riche d'espoir, d'audace et de courage !...
« Mais gloire, honneur; tout ensemble a péri ;...
Même mon nom, qui sommeille flétri !...
Oui ! tout entier, hélas ! j'ai fait naufrage!
— « Eh ! quoi ! seigneur, d'un ennui délirant

(1) Mort à Wagram. Au début d'une charge, tombé grièvement frappé, il ordonna à ses soldats de pousser outre, en lui passant sur le corps.

Vous subissez l'amertume en esclave !
Vous, ce GUILLAUME, HÉROS et CONQUÉRANT,
Vous du dégoût traîner la lâche entrave ! »
Dit Valhubert. « le Soleil, expirant,
S'est-il éteint sous un linceul de lave ?...
— « Guillaume, vous ?... le grand bâtard normand !...
Puissant génie, esprit fier et cœur brave ! »
Disent surpris le chantre et le marin.
« Honneur à toi, vieux soleil de Neustrie,
Concitoyen, orgueil de la patrie ;
Grand parvenu, fils de ta seule main,
Monté d'en-bas au pouvoir souverain ! »
Froid sous l'encens, sourd à la flatterie,
Le front glacé : « parfois la raillerie
Couvre de miel son perfide venin,
Dit le vieillard d'une parole amère.
« Ma gloire, à moi ! n'est plus qu'une chimère !...
Qui parle encor d'un héros vermoulu,
Plus ignoré qu'un DERNIER CHEVELU
Et mort aux cœurs de sa natale terre :
Illustre prince, au vouloir absolu,
Par le Destin au Néant dévolu ;
Et que l'Aumône a couvert d'une pierre !!...
« Que suis-je, auprès de ces noms radieux,
Que le ciseau dans l'airain perpétue ?...
— « Un Alexandre, en des tems moins heureux.
C'est au Bonheur qu'on dresse la statue
Et le Hasard fait vivre un nom fameux.
— « Oui ! le Destin confirme, ou destitue, »
Dit le vieux roi, d'une voix abattue,
« Dans leur grandeur les humains orgueilleux !...

« Enfant, sans nom, d'une impuissante mère,
Tombé du trône en l'extrême misère,
Promis au fer de nobles assassins,
C'est, pas à pas gravissant ses gradins,
Parmi des jours de traîtrise et de guerre
C'est sous les coups d'implacables voisins
Pour ma ruine unissant leur colère,
Moi, que je monte au rang des souverains...
« Je fais docile une altière noblesse ;
Et le vieux sang de farouches forbans
Devant la loi sait courber sa rudesse.
A la ruine, au ravage des champs,
Jeunes cités, plaines aux blés flottans
Ont succédé, présages de richesse ;

Et s'est formé, d'une molle jeunesse,
Un peuple fort, à l'école des camps.
Des factions ont fini les orages;
Tous, de la Gloire ont tenté le chemin;
Le nom normand sur les lointains rivages
S'en va briller d'un éclat souverain...
Du fils d'Arlètte exaltant le destin,
Falaise alors, s'épuisait en hommages!...
Maître du Maine, au prince armoricain,
Fait mon vassal, j'imposais mes images...
« Rouen l'oublieux, des œuvres du BATARD
Heureux, brillant de luxe et de richesse,
En monumens fatiguait ma largesse.
Pâles soleils, dans cette nuit de l'Art,
De pédantisme ergoteur et bavard,
Dans son cocon sommeillait la Sagesse,
J'ouvrais ma cour aux vieux fils de la Grèce,
Aux beaux-esprits, précurseurs d'Abeilard,..
« Eh! mais qu'importe aux récits de l'Histoire,
Et dans des jours indociles à croire,
D'un tems perdu le barbare héros,
Qui rendit sourds de sauvages échos!
Comme son siècle, inculte fut sa gloire...
Agamemnon, chef de mille vaisseaux,
Que la conquête ait comblé ses travaux,
Homère a-t-il célébré sa victoire?...

« Heureux Louis!... à toi tout fut donné,
Pauvre héros, qui n'eus qu'à vouloir naître,
Pour commander fétiche couronné.
Prince d'un peuple, avec art façonné
Par Richelieu, pour adorer un maître,
Beaux-arts, talens, d'un siècle fortuné,
Génie, en fleur, ou mûr, ou prenant l'être,
A ton orgueil vont donner à repaître:
Tout t'est faveur, les hommes et le tems!..
« Oh! sois superbe! enivre-toi d'encens,
Phébus en soie et bardé de dentelles!
Roi d'oripeaux, parade dans les camps
Pour le soulas de tes lascives belles;
Luttant, de loin, du bras des combattans,
Bien à couvert des atteintes mortelles:
Pour toi, les traits doivent n'avoir point d'ailes!...
« Ton panache est un astre de terreur,
Avec Condé, Luxembourg et Turenne;

Et, ruisselant de leur noble sueur,
Bien reposé, toi, superbe vainqueur,
De triompher tu prends l'auguste peine...
Mais tu maudis la grandeur souveraine,
Qui, loin du glaive, enchaîne ta valeur :
Ton épiderme a-t-il maudit la chaîne ?...
« Mais, moi barbare, au milieu des soldats,
Peu soucieux du courage d'Auguste,
En courant droit au guerrier, qui m'ajuste,
J'enseigne l'art de gagner les combats.
Mon œil, ma main, volent avec mes pas;
Je guide et frappe; et ma valeur robuste
Cherche la Gloire, en bravant le trépas,
Sans espérer l'éloge d'un Salluste...
D'un siècle d'or pauvre déshérité,
Mais, moi, je fus mon Condé, mon Turenne;
Conseil, ministre, amiral, capitaine;
J'étais, moi seul, tout: bras et volonté...
« Et de Louis l'altière majesté,
Parodiant la vanité romaine,
Mit, en airain, des peuples à la chaîne
Sous le talon de sa sublimité!
Mais de Louis la fausse chevelure
Couvre Apollon, dans le ciel d'un tableau;
Aux phidias donne encor tablature,
Pour en coiffer un Hercule nouveau,
Dont la massue exhale l'imposture;
Ou le César, qu'ébauche leur ciseau,
Par le laurier du triomphal rameau,
Parmi les flots d'une immense frisure....
« Va, conquérant d'un siècle nébuleux,
Rentre au linceul, où tu dors dans l'Histoire !...
Et vous, adieu, des normands demi-dieux,
Qui revivez dans l'airain glorieux !
Moi, je suis mort dans leur froide mémoire,
Comme au cercueil, qui renferme ma gloire ;...
Et, dernier coup du Sort trop envieux !
On me renie... Oh ! qui l'aurait pu croire !...
Etranger, moi? la France a mon tombeau !...
Prince français, par le sang de Giselle, (1)
Je suis français, j'en appelle au berceau,
Sur son rocher que Falaise recèle,

---

(1) C'est une erreur: Giselle ne laissa pas de postérité. Il était cousin de Henri Ier et petit-neveu de Hugues-Capet.

Comme un nid d'aigle au penchant du côteau...
« Mais quels éclats ! quelle joie étincelle !..
De l'Empyrée est-ce un hôte nouveau ?...
« Allez, amis ! une voix vous appelle. »

C'était d'Urville, envolé de Condé
Dans ses atours de pompe triomphale.
Il court rapide, à l'envi précédé
De tous les fils de la Gloire navale.
« Que mon désir vite, amis, soit guidé
Vers le héros, dont l'âme colossale
Domine ici, du droit que s'est fondé
Le conquérant, qui répéta Pharsale ?...
« Honneur à toi, frustré du nom de grand !
Te dit mon cœur : il hait la flatterie.
Je te salue, Alexandre normand,
Fils méconnu de l'ingrate Neustrie...
Mais la Justice : elle va d'un pas lent,
Est arrivée au cœur de la patrie ;
Et ton Falaise, avec idolâtrie,
Refait les traits de son royal enfant. »

20 Novembre 1844.

PRÉCIS-SOMMAIRE

SUR

GUILLAUME-LE-CONQUÉRANT.

Vers l'an 1026, Robert, comte d'Exmes et depuis duc de Normandie, vint à Falaise, pour châtier les braconniers et les pelletiers, leurs complices. Les bourgeois lui offrirent une fête. Il y remarqua une jeune fille d'une admirable beauté: C'était Arlette, fille de Verprey, pelletier. Un jour, revenant de la chasse, il la revit dans le vallon de l'Ante, à la source, qui sort de dessous l'espèce de promontoire, formé par le côteau, en face et au dessous du donjon. En compagnie de deux jeunes filles, elle lavait du linge. Devenu passionnément épris, il dépêche deux gentils hommes de son intimité déclarer à Verprey, qu'il désire en faire sa concubine. Le bourgeois repousse cette ouverture avec indignation. Nouveaux pourparlers, dans lesquels les envoyés entremêlent les promesses de menaces et rappellent au pelletier délinquant, qu'il est sous le coup de la vengeance de Robert, son juge et son prince. Verprey reste sourd aux menaces, comme aux promesses.

Un oncle d'Arlette, ancien soldat, retiré dans un ermitage à Saint-André-en-Gouffern, survint et raconta à Verprey, qui lui avait confié sa fâcheuse position, qu'étant, la nuit, en prières dans sa cellule, il avait eu une vision miraculeuse :

« Arlette était assise dans le palais des ducs de Normandies, près du trône de Robert, vacant et drapé en deuil. Elle tenait un enfant qui, de la pointe d'une épée, attirait à lui le sceptre de Rollon ; puis, de cette épée merveilleuse, il plaçait sur sa tête la couronne de comte du Maine. Ensuite grandissant, devenant gigantesque, entouré des sanglans trophées de cent batailles, il surmontait ses couronnes vassales de la couronne souveraine d'un grand peuple insulaire...

« Il faut céder à la volonté du Ciel. »

Verprey se résigna. Mais sa fille se refusa à souscrire aux conditions de mystère et de clandestinité. Elle sera la maîtresse de Robert et non sa concubine; et elle le sera aux yeux de tous. Les envoyés consentirent; mais ils vinrent la prendre, par une nuit, sans lune et sans étoiles et s'empressèrent de l'introduire dans le château, par une poterne secrète. Elle s'arrêta, déclarant qu'elle ne ferait point un pas de plus, si on ne la conduisait à la porte principale, qui, devant elle, s'ouvrira à deux battans et si elle n'est escortée avec pompe et à la clarté des flambleaux.

« Je suis fille libre et honnête et c'est de mon plein gré, que je vas vers le duc, qui me mande; je n'irai donc pas, en vile esclave qu'on traîne, à la dérobée, se soumettre aux désirs insultans d'un maître impérieux. »

(BENEOIS DE St^e MAURE.)

« La première nuit de son accointance avec le duc Robert, dit un vieil auteur, étant endormie, elle songea qu'il lui sortait du ventre un arbre, qui étendait ses rameaux et branches si long et si large, qu'il ombrageait non seulement la Normandie, mais aussi l'Angleterre. »

« Arlette, devenue enceinte, songea encore qu'elle était mère d'un fils, qui grandissait rapidement et qui, après lui avoir arraché les entrailles et les avoir promenées par toute la Normandie, abordé en Angleterre, les exposait sur le trône des rois aux hommages du peuple prosterné. »

Guillaume II (1), dit le Bâtard, dit le Conquérant, duc de Normandie, comte du Maine et roi d'Angleterre, naquit au donjon du château de Falaise, en 1027.

Au moment de sa naissance, il fut étendu sur un lit de paille. Une vieille matrone, le voyant attirer à lui des brins

(1) Voici la nomenclature de ses ancêtres, à partir du conquérant de la Neustrie.

Rou, Roll, Rollon, Raoul et, depuis son baptême, Robert Ier, épouse, en 901, Gille, ou Giselle, fille de Charles-le-Simple, décédée sans postérité; et meurt en 917.

Guillaume Ier, dit Longue-épée, ou Aux-longues-jambes, fils de Robert Ier. et de Popée, fille de Béranger, comte de Bessin, sa seconde femme. Il périt sur les bords de la

de chaume et les serrer dans ses mains, s'écria : L'ENFANT ACQUERRERA ET, CE QU'IL POSSÈDERA, IL LE DÉFENDRA. »

En 1034, Robert, à son départ pour la Terre-Sainte, fit reconnaître par ses barons le fils d'Arlette, comme leur futur prince et son héritier ; mais il ne laissa aucun droit à la mère ; et le vieux Verprey, qu'il s'était attaché comme valet-de-chambre, rentra dans l'obscurité, où il mourut. Il nomma son beau-frère, Alain, duc de Bretagne, tuteur du jeune Guillaume, qu'il conduisit à Paris, prêter serment de foi et hommage au roi de France, Henri 1er, son cousin, auquel il confia le soin de sa personne. Le futur duc de Normandie était âgé de sept ans. Le roi lui donna pour précepteur un gentilhomme, nommé Théroude, auquel Guillaume fit don, par la suite, du territoire où se trouve aujourd'hui le Bourg-Théroude. L'enfant devint non-seulement un parfait chevalier, supérieur dans tous les exercices de l'homme de guerre, mais encore habile dans les lettres, et savant, pour ces tems de barbarie profonde.

Le duc Robert meurt de la peste, à Nicée, le 2 Juillet 1035. Pendant la minorité de Guillaume, les barons sont

---

Somme, en 942, dans une embuscade, que lui avait préparée Arnoul, comte de Flandres.

Richard 1er, dit Sans-Peur, fils de Guillaume 1er. et de Sporta, fille de Hubert comte de Senlis, mort en 996, l'année du décès de Hugues-Capet.

Richard II, fils de Richard 1er. et d'Emma, ou Agnès, fille de Huges-le-Grand et sœur de Huges-Capet. Il fut marié deux fois, ayant épousé en premières noces Estrithe, sœur de Canut, roi d'Angleterre et en deuxièmes, Gonnor, fille d'une admirable beauté, dont il eut Richard, Robert, qui lui succédèrent et Guillaume, qui fut moine à Fécamp ; et de plus, trois filles : Alix, mariée à Alain, duc de Bretagne ; Aliénor, à Baudoin, comte de Flandres et la troisième au roi de Navarre. Après s'être démis de son duché en faveur de Richard et avoir donné le comté d'Exmes à Robert, il mourut à Fécamp, en 1026.

Richard III. Il eut quelques différens avec son frère Robert et mourut, après 2 ans de règne. Il ne laissa qu'un enfant naturel, nommé Nicole, moine à Fécamp et ensuite à St-Ouen de Rouen, qu'il fit reconstruire. Il mourut en 1086, un an avant le Conquérant, son neveu.

Robert II, dit le Libéral, le Magnifique, père de Guillaume II, dont il est question.

en armes et ravagent la province. Cependant le comte Gui de Gacé, connétable de Normandie, institué régent par Robert, lutte avec courage et persévérance pour les droits de son prince, absent.

Guillaume, à peine âgé de 17 ans, venait de prendre possession de son héritage, lorsque Tosni, ou Tosti, se mit en état de révolte. Guidon de Normandie et descendant de l'oncle de Rollon, il se berçait follement dans la confiance d'écraser un enfant, illégitime et indigne du trône à cause de sa bâtardise; et qu'il déclarait hautement n'être point le fils de Robert. Il fut tué dans une bataille, on ignore en quel lieu, vers 1044.

En 1047, Gui de Bourgogne, cousin de Guillaume, ourdit contre lui une conspiration, avec Renault, comte de Bessin, Néel du Cotentin, Grimoult Duplessis, Hamont-aux-dents et Hugues, évêque de Bayeux. Surpris dans Valogne, il courait risque de la vie, lorsqu'il fut averti par un bouffon de Bayeux, nommé Goles, dont les conjurés ne s'étaient pas méfiés. Seul, sans armes, il s'enfuit la nuit et, au hasard d'être pris ou tué, se réfugia chez un gentilhomme, nommé Hubert de Ryes, qui lui donna un cheval et le fit escorter jusqu'à Falaise par ses trois fils. Le roi de France accourut à son secours. Leurs armées combinées rencontrèrent les révoltés, qui avaient réuni 20,000 hommes, au Val-des-Dunes, entre Argences et Tinglois, à quelques lieues de Caen et les attaquèrent, aux cris de : Dieu ayde ! et de Montjoie ! St-Denis ! » Guillaume tua de sa main plusieurs chefs des rebelles; et Henri, d'abord démonté, combattit avec valeur. Les barons coalisés s'enfuirent vers l'Orne, où le nombre de leurs gens, qui s'y noyèrent, fut tel, qu'il obstrua le chenal des moulins de Bourbillon.

Vers ce temps, Arlette épousa Herloin de Conteville, gentilhomme du Cotentin. Elle en eut Odon, évêque de Bayeux et deux filles.

Pendant cette guerre, Mauger, archevêque de Rouen et oncle de Guillaume, d'intelligence avec les conjurés, excommunia son neveu et s'efforça d'attirer sur sa tête les foudres de Rome. Exilé à Granville, il périt dans les flots, on ignore par quelle cause. Gui de Bourgogne, assiégé dans Brionne, obtint sa grâce et quitta la Normandie.

La valeur et l'habileté, qu'il déploya dans ces guerres, de même que sa modération et sa clémence après la victoire, ébranlèrent les préventions des Normands contre le fils d'Arlette. Il acheva de conquérir leur estime par la vigueur avec laquelle il réprima l'avidité déprédatrice des ho bereaux, qui tenaient en pillage réglé le peuple des campagnes et par la surveillance active et sévère qu'il exerça constamment sur l'administration de la justice.

En 1050, Henri se déclare l'ennemi de son pupille et élève; appelle à lui Geoffroy-Martel, comte d'Anjou et envahit la Normandie. Guillaume, sorti la nuit de Falaise avec 10,000 hommes, se tient embusqué dans la vallée de Bavent, jusqu'au moment où l'armée royale, arrivée sur la Dive, est engagée sur le pont de Varaville. Lorsqu'une moitié de cette multitude, évaluée à 100,000 hommes, eut franchi ce passage long et étroit, il attaqua l'arrière-garde, en la poussant vers le pont, construit en bois et miné de vétusté, qui s'écroula sous le poids d'une foule désordonnée, que l'épouvante y entassait. Le duc écrasa ou précipita dans les flots le corps à sa portée, au moment où une marée diluvienne venait empêcher Henri de lui porter secours. Le comte de Roussy, le comte de Meulan, le palatin de Brie et le comte de Soissons furent faits prisonniers. Le roi de France et le comte d'Anjou s'enfuirent sans armée.

En 1054, nouvelle attaque de Henri. Il réunit les forces de la Bourgogne, de l'Auvergne, du Poitou, de l'Anjou, de l'Aquitaine, de la Gascogne, de la Bretagne... Il divise son armée en deux corps : l'un, sous ses ordres, commandé par le duc de Bourgogne, s'avance à Mantes; l'autre, sous les ordres d'Eudes, son frère et dirigé par Renaud, comte de Clermont, Raoul, comte de Montdidier et Gui, comte de Ponthieu, marche vers Gisors. Une voix cria la nuit au camp de Henri : « LEVEZ-VOUS ! SUS LEVEZ-VOUS : VOUS DORMEZ TROP ! RASSEMBLEZ TOUS VOS CHARIOTS ET ALLEZ ENTERRER VOS AMIS, QUI SONT OCCIS A MORTEMER... LE COMTE EUDES EST EN FUITE, RAOUL DE MONTDIDIER, SANS VIE ET GUI DE PONTHIEU, PRISONNIER. » Terreur panique dans le camp. Henri s'enfuit et son armée se débande. Traité de paix entre le suzerain et le vassal.

En 1056, Guillaume-le-Bâtard, fils d'une obscure bourgeoise et petit-fils d'un pauvre pelletier, ouvre son lit à Mathilde, fille du puissant comte des Flandres, qui la conduit lui-même à Rouen.

On a passé sous silence la conquête du Maine et les guerres, qu'il eut à soutenir contre Geoffroy-Martel, comte d'Anjou, ennemi redoutable, dont l'opiniâtreté ne savait prendre conseil d'une défaite ; et contre le duc de Bretagne qui, après des luttes prolongées et difficiles, fut forcé de se soumettre à la loi du vainqueur.

Le roi anglo-saxon Edouard-le-confesseur avait institué Guillaume son successeur, mais par testament verbal. A sa mort, Harold, violant le serment, qu'il avait fait de respecter cette dernière volonté, s'était emparé de la couronne d'Angleterre.

En 1066, le duc de Normandie, résolu à revendiquer ses droits, assemble une armée de 60,000 hommes, recrutés dans toutes les contrées de la France et même dans les provinces allemandes du Rhin ; et réunit une flotte de 896 vaisseaux, qui, joints aux navires de charge, formait un total de 3,000 voiles. Le 30 septembre il part de St-Valery-en-Caux. Une énorme et flamboyante comète paraît dans les cieux et une tempête vient assaillir la flotte. Guillaume rassure ses soldats, leur promet un vent favorable ; et la mer se calme, comme par obéissance à sa volonté. Il prit terre à Pavensey, dans le comté de Sussex et renvoya sa flotte en Normandie. En montant au rivage il fit un faux-pas et tomba, en s'écriant : JE PRENDS POSSESSION DE L'ANGLETERRE. « En pareille circonstance, César avait dit : TENEO TE, AFRICA. » Un soldat courut à une cabane en arracher une poignée de chaume et, la lui présentant, dit : « SIRE, JE VOUS ENSAISINE DU ROYAUME D'ANGLETERRE ET VOUS PROTESTE QUE, DANS UN MOIS, VOTRE CHEF SERA CHARGÉ DE LA COURONNE. »

Harold, fier d'un triomphe récent, obtenu sur les Norvégiens, l'attendait à Hastings, posté sur un monticule, derrière des tranchées et couvert par des claies d'osier, solidement fixées à des pieux. Le 14 Octobre 1066, Guillaume marcha à l'ennemi. La bataille dura depuis trois heures du matin jusque au coucher du Soleil. Dans cette lutte meurtrière, qu'on devrait nommer un assaut, « le duc, dit un vieil auteur, fit merveille par sa présence et conduite et beaucoup d'avantage de la main. » Il eut trois chevaux de tués sous lui et passa même pour mort. Il fut obligé d'aller, tête nue, de rang en rang, pour rassurer ses soldats. Harold étant tombé, la tête traversée d'une flèche, son armée prit la fuite. Attaque et prise de Douvres. Les anglo-saxons élisent roi, Edgar Atheling, prince du sang royal. Guillaume entre dans Londres et est couronné à Westminster, le jour de Noël. Edgar se soumet et prête serment de fidélité.

En 1069, Guillaume vole dans le Nord, combattre des barons turbulens, ou révoltés. Vainqueur, il repousse le roi d'Ecosse, accouru à leur secours et qu'il oblige à lui prêter serment d'allégeance. Il défait et chasse les Danois, débarqués dans le Northumberland et bat et refoule dans ses montagnes David, roi de Galles.

1078. Révolte de Robert, fils de Guillaume. Il se réfugie dans Gerberoy, que le roi de France lui avait accordé pour asile. Il y est assiégé par son père. Dans une sortie, ignorant quel est son adversaire, Robert le blesse au bras et le renverse de cheval. Frappé de la malédiction paternelle, il obtient ensuite son pardon.

En 1087, usé de fatigues et chargé d'une obésité énorme, Guillaume était forcé de vivre dans son lit, lorsque, pour une raillerie de Philippe Ier., il reprit les armes et alla attaquer et prendre Mantes, qui fut dévoré par un incendie. Atteint d'une maladie, fruit des fatigues de la campagne et et d'une contusion au ventre, par un faux-pas de son cheval, il est transporté à Rouen et de là au chateau d'Hermentruville, près de Fécamp. Il dispose un legs pour rebâtir Mantes et meurt le 9 Octobre 1087, âgé de 60 ans. Son corps, transporté à Caen, fut inhumé dans le chœur de l'église de l'abbaye St-Étienne, qu'il avait bâtie. Henri II, Plantagenet, son petit-fils, lui fit élever un magnifique mausolée, que les protestans, en 1562, brisèrent, de même que celui de Mathilde, sa femme. Dans cette violation sacrilège, dit un chroniqueur, son corps fut trouvé entier, beau, frais, de gros membres et d'une stature plus grande de deux pieds que celle d'un homme de notre âge. En 1650, ses restes étaient couverts d'un beau tombeau en marbre noir, avec une épitaphe en lettres d'or. Les moines conservaient l'ancienne, tracée en vers latins sur une lame de cuivre doré. En 1793, cet autre mausolée fut encore détruit et les restes de Guillaume violés avec une si brutale fureur, que certains érudits doutent que le marbre de St-Étienne couvre quelques débris du Conquérant.

On ne sait si l'inscription tumulaire, qui suit, est une traduction de l'épitaphe originale, ou si elle fut composée par un brave moine, au temps de Louis XII.

Guillaume fus, surnommé conquéreur,
Outre-passant le romain empereur,
Qui fit marcher dans la grande Bretaigne
Ses légions à déployer enseigne.
Il ne conquit qu'une part de la terre,
Mais moi j'obtins le tout de l'Angleterre :
Donc plus d'honneur que le susdit j'acquis.
Du roi Haraud (1) le sceptre je conquis,

(1) Harold.

Qui contre moi avait l'île usurpée
Et le passai par le fil de l'épée.
Je fis gésir en cette terre hostile
De corps anglais bien soixante et sept mille
Six cent soixante et quatre justement,
Comme on le voit écrit fidèlement :
Tant ma prouesse et puissance fut grande.
Je repoussai Drouin, le roi d'Irlande;
En fuite mis Canut, roi des Danois.
Le preux Malcom, lors roi des Écossois,
Me fit hommage; Edgard s'humilia
Et envers moi se reconcilia.
Puis à David, qui fut de Galles prince,
Je lui ôtai la vie et sa province.
Or des conquêts et victoires susdites
Grâce je rends au dieu des exercites, (1)
Grâce je rends à l'Éternel Seigneur,
De tout cela lui en donnant l'honneur.
Car tout mon los et ma félicité
De lui provient, qui m'avait incité
A retrancher les abus de mon tems
Et mettre à bas les schismes et contents. (2)
Célébrer fis conciles promptement,
En tous les lieux où j'eus commandement.
Par mon moyen l'Église fut conduite
De bons prélats et en ordre réduite.
J'instituai mes sujets et mes villes
De saintes mœurs, lois justes et utiles.
J'aimai vertu, haïs vice et esclandre;
Honneur portai au bon pape Alexandre.
Souvent par moi fut la vierge implorée,
Mère de Dieu, par moi tant honorée,
Qu'en ma duché, par grand' dévotion,
Solenniser fis sa conception.
Je fis fonder abbayes excellentes
Et élargis (3) grands revenus et rentes,
Pour l'entretien des ministres du lieu,
Afin qu'iceux pour moi priassent Dieu
Me faire grâce et que le Rédempteur,
Son fils Jésus, notre médiateur,
Lavât mon âme en son sang précieux,
Pour hériter là-sus de ses hauts cieux. »

---

(1) Armées.
(2) Contestations, disputes.
(3) Fis largesse.

Avec la moitié de ces titres dévots, plus d'un saint a été canonisé. Mais il est à croire que les successeurs DU BON PAPE ALEXANDRE, IIme. du nom, ne furent point de l'avis du poète tumulaire, puisque les falaisiens ne chôment pas leur BATARD comme un céleste patron.

Le Conquérant a été loué avec excès par les historiens de son tems et jugé avec une injuste sévérité par la plupart des auteurs modernes. Ces derniers n'ont pas su faire la part des tems et des circontances et se rappeler Karl, dit le Grand et canonisé, enfin St-Charlemagne, qui, pendant vingt ans, fit une guerre d'extermination aux peuples du Nord de l'Allemagne. Guillaume, constamment en armes depuis l'âge de 17 ans jusqu'à celui de 52, se débattant au milieu d'une société barbare, qui, à l'aide d'un bigotisme élastique, se permettait tous les crimes, ne put se donner les mœurs nobles et généreuses d'un siècle éclairé et poli. Il répondit quelquefois par de sévères représailles à des attaques d'une déloyauté sauvage; et pourtant se montra souvent indulgent et magnanime. Sa prétendue avarice, qui n'était que la sage économie domestique, pratiquée par Charlemagne, se déployait avec une magnificence toute royale dans les jours solennels et se répandait en largesses sur les cités, témoins Rouen et Caen, qui conservent avec une religieuse fierté des monumens, son ouvrage. Il encouragea les arts et les lettres et attira près de lui des gens de talent et même des savans étrangers, témoin Lanfranc, qu'il fit archevêque de Cantorbery. Quant à la trempe de son génie, ses actions la signalent avec une éloquence, qui n'a pas besoin de commentaires. Vigueur, audace et prudence; habileté, sagacité, seconde vue de l'homme supérieur, il posséda tout, pour dominer les hommes et les choses. Il se fit le souverain le plus riche de son tems et peut-être, comparativement, de notre siècle. Il possédait 1,400 manoirs et ses revenus, sans parler du casuel et liquides de toutes charges (l'entretien de l'armée et les frais d'administration étaient supportés par les barons) dépassaient 12,000000 de francs.

Guillaume poussa la bravoure jusqu'à la témérité. D'une taille athlétique, sa force était si prodigieuse, qu'il se trouvait à peine un homme capable de tendre son arc, ou de se servir de ses armes. Son abord était doux et facile, quoique sa physionnomie fût empreinte d'une gravité sévère et que le courroux lui donnât un aspect terrible. Religieux et, comme ses prédécesseurs, porté à accabler de faveurs les moines et les gens d'église (il bâtit et dota 38 monastères) il sut pourtant résister aux prétentions cauteleuses des papes et répondit à l'un d'eux, qui essayait de la suprématie sur lui : « JE NE TIENS MA COURONNE QUE DE DIEU ET DE MON ÉPÉE. »

Il se donna pour écusson, délaissant les deux léopards, armes de la Normandie, trois lions de gueule, en champ d'azur et au dessus, trois fleurs de lys d'or. Tout en promenant sur les champs de bataille et dans les cités conquises, ces superbes emblêmes de la Gloire et de la Valeur, il n'oublia point la ville du pauvre pelletier, qu'il combla de biens et de privilèges. Il institua la foire de Guibray, qu'il dota de larges franchises et immunités, et fonda, disent quelques chroniques, l'église, qui domine ce faubourg.

Guillaume eut de Mathilde, morte en 1083, quatre fils :

Richard. Il mourut avant son père, victime d'un assassinat, dit-on ;

Robert III, dit Courte-botte, Courte-heuze, duc de Normandie. Il fut un des héros de la Croisade et, arrivé le second sur les murs de Jérusalem, lors de la prise de cette ville, le 25 Août 1099, il fut blessé au bras d'une arme empoisonnée. Sybille, sa femme, fille de Roger duc de la Pouille, le guérit en suçant la plaie. Élu roi de Jérusalem, il refusa et désigna aux suffrages Godefroy de Bouillon. Dépouillé de ses états par son frère Henri, il vécut son prisonnier, dans le château de Cardiff, pendant 26 ans ; et il y mourut, aveugle, en 1134, âgé de 77 ans. Robert n'eut de Sybille qu'un fils, nommé Guillaume, tué d'une flèche au siége d'Alost ;

Guillaume II, dit le Roux, roi d'Angleterre, en 1087. Il fut tué à la chasse, en 1100, par un gentilhomme, nommé Tyrel. Mort sans enfans ;

Henri Ier., dit Beau-clerc, roi d'Angleterre, en 1100. Mort en 1135. Il eut de Maheut, ou Mathilde, fille de Malcolm, roi d'Ecosse, Guillaume Adelis, fiancé à Alix, fille de Louis-le-Gros et Marguerite, morts dans un naufrage, en sortant de Barfleur ; et Mathilde, ou Maheut, mariée, d'abord à l'empereur Henri V, ensuite à Geoffroy, comte d'Anjou. De ce second mariage naquit Henri II, dit Plantagenet, roi d'Angleterre ; qui eut d'Aliénor de Guyenne : Henri, mort avant son père, Richard-Cœur-de-lion, Geoffroy, duc de Bretagne et Jean-sans-terre ; de plus, Aliénor, mariée, à Argentan, au duc de Saxe, Henri, dont elle eut l'empereur Othon IV ; une autre Aliénor, mariée à Alphonse et mère de Blanche de Castille ; et enfin, Jeanne, épouse de Guillaume, roi de Sicile et mère de Bohémond.

Guillaume-le-conquérant eut aussi de Mathilde cinq filles :
Cécile, abbesse du couvent de la Ste-Trinité, à Caen ;
Constance, femme d'Alain, duc de Bretagne ;
Adèle, ou Alix, mariée à Étienne de Blois, dont elle eut Étienne, comte de Boulogne et roi d'Angleterre ;
Adélise, fiancée à Harold
Et une autre, fiancée à Alphonse, roi de Galice, en 1068 et qui mourut en route, allant consommer son mariage.

10 décembre 1844.

PAUL-ÉMILE SÉRANT.

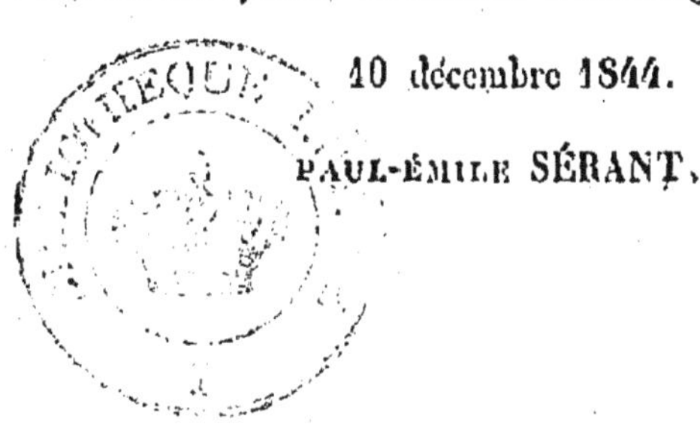

www.ingramcontent.com/pod-product-compliance
Ingram Content Group UK Ltd.
Pitfield, Milton Keynes, MK11 3LW, UK
UKHW021131230726
13926UKWH00002B/739